KB232509

Bokunimo SonoAi wo Kudasai

Text & Illustrations copyright © 2006 by Tatsuya Miyanishi

All rights reserved.

First published in Japan in 2006 by POPLAR Publishing Co.,Ltd

Korean translation rights arranged with POPLAR Publishing Co.,Ltd

through Shinwon Agency Co.

Korean edition copyright © 2011 by Dahli Children's Books Inc.

나에게도 사랑을 주세요

미야니시 타츠야 글·그림 | 허경실 옮김

옛날 옛날
아주 먼 옛날,

힘이 무지 센 공룡
티라노사우루스가
살았어요.

달리

‘공룡이라면 나처럼 힘이 세야지!’
티라노사우루스는 힘이 최고라고 생각했어요.
“으악, 살려 줘.”
“한 번만 봐줘.”
아무리 말해도 소용없었어요.

"하하하! 겁쟁이들 같으니라고.
너희처럼 힘없는 놈들은 공룡도 아니야!
역시 공룡이라면 힘이 세야지.
힘이 최고야!"
티라노사우루스는 자기 힘만 믿고
친구들을 괴롭혔어요.

아무도 티라노사우루스를 말리지 못했어요.
티라노사우루스가 보이면 후다닥 도망치고,
목소리가 들리면 덜덜덜 떨면서 숨어 버렸습니다.

"티, 티, 티라노사우루스다."
"무, 무서워……."
어느새 모두 '힘이 최고'라고 생각하게 되었습니다.

시간이 흐르고, 티라노사우루스도 나이가 들었어요.
느릿느릿 걸어가는데, 마시아카사우루스들이 불쑥 나타났어요.
"어이, 어기적 선생. 냉큼 이리 좀 와 보시지요."
"힘없는 공룡은 아무짝에도 쓸모없다고 누가 그랬더라?"

"뭐라고? 요 녀석들이! 내가 본때를 보여 주지."
티라노사우루스는 큰소리를 땅땅 쳤지만,
오히려 꼬리를 덥석 물리고 말았습니다.
"아야, 아파. 제발 놔 줘!"
늙고 힘없는 티라노사우루스는 더 이상 무섭지 않았습니다.

티라노사우루스는 아무도 없는 곳을 찾아 여행을 떠났어요.
며칠 동안 밤낮으로 걷고 또 걷다가, 지쳐 쓰러지고 말았습니다.
'휴, 힘이 없어. 힘이 최고인데. 힘이 없으면 안 되는데…….'
마시아카사우루스에게 물린 꼬리가 더욱 아프게 느껴졌습니다.

"나는 이제 어쩌면 좋지……?"
티라노사우루스는 중얼거리다 웅크린 채로 잠이 들었습니다.
너무나도 고요한 밤이었어요.

그리고 다음 날 아침……

누군가 "아저씨, 아저씨!" 하며 티라노사우루스를 불렀습니다.
눈을 떠 보니 맛있어 보이는 트리케라톱스가 서 있었어요!
티라노사우루스는 몸을 일으켜
트리케라톱스를 한입에 꿀꺽 먹어 버리려 했지만······.

"아야, 야야!" 비명이 절로 나왔습니다.
"이런! 아저씨 꼬리가 새빨갛게 부어올랐어요. 괜찮으세요?"
어린 트리케라톱스는 그렇게 말하더니,

상처 난 티라노사우루스의 꼬리를 어루만져 주었습니다.
"이런 데서 자다간 타르보사우루스한테 잡아먹혀요."
"잡아먹힌다고? 내가……?"

"아저씨, 이 꼬리 타르보사우루스한테
물렸어요? 잡아먹힐 뻔했던 거예요?"
"그, 그건 아니다만…….
그 공룡이 그렇게 세니?"
"그럼요. 얼마나 센데요."
"그러면 타르보사우루스가
최고로 센 공룡이냐?"

"아니요. 최고는 고르고사우루스예요!"
"설마! 더, 더, 더 센 공룡도 있겠지.
뾰족한 이빨을 드러내고 눈을 히번득거리는 녀석 말이다……."
티라노사우루스가 커다란 이빨을 보이며 씩 웃었습니다.

어린 트리케라톱스는 곰곰이 생각하다 말했어요.
"아, 맞다! 깜빡했어요. 가장 힘세고 무서운 공룡은……."
"그래, 그래. 누구? 누군데?"
티라노사우루스는 기대에 부풀어 침을 꿀꺽 삼켰습니다.

"바로 티라노사우루스!"

티라노사우루스는 어린 트리케라톱스를 와락 껴안았어요.

"아저씨도 세겠지만, 티라노사우루스가 보이면 얼른 도망가세요!

눈 깜짝할 사이에 잡아먹힐지도 몰라요."

"그럼, 넌 티라노사우루스를 본 적이 있는 게냐?"

"아직요. 봤다면 벌써 꿀꺽 먹혀 버렸을 텐데요? 헤헤헤."

"그거 맞는 말이구나, 쿡쿡쿡!"
티라노사우루스가
엉큼하게 따라 웃었어요.

"우리 친구 할래요? 아저씨가 안아 주니 정말 좋네요.
제 친구들도 이렇게 안아 주시면 좋아할 거예요."
그 말을 들은 티라노사우루스는 생각했습니다.
'흐흐, 오늘은 트리케라톱스들을 배 터지게 먹겠는걸?'

티라노사우루스는 신이 나서 트리케라톱스를 따라갔습니다.
"제 친구들은 저 숲속에 있어요."
트리케라톱스는 그렇게 말하고 숲을 향해 외쳤습니다.
"얘들아, 모두 나와! 새로운 친구가 왔어."

여기서 툭, 저기서 툭, 트리케라톱스들이 튀어나왔습니다.
"어, 아저씨는 누구세요?
우아! 키도 진짜 크고, 힘도 엄청 세 보여."
아이들은 티라노사우루스를 본 적이 없었지요.
"멋진 아저씨지? 난 아저씨가 아까 번쩍 안아 줬어!"
어린 트리케라톱스가 자랑했습니다.

"진짜야? 저도 안아 주세요!" "나도요, 나부터요!"
트리케라톱스들은 몸을 부비며 어리광을 부렸어요.
티라노사우루스는 당황스러웠습니다.
이런 일은 처음이었거든요.
"그만 좀 해. 너희가 자꾸 이러면
라브도돈 아저씨가 피곤하실 거야."
'뭐? 순 겁쟁이에다 풀이나 뜯어 먹는 라브도돈?
내가 그 멍청하고 겁 많은 라브도돈이라고? 말도 안 돼.'

"어, 그런데 아저씨 꼬리가 퉁퉁 부었어요. 상처 났어요!"
"정말이네? 괜찮아요, 라브도돈 아저씨? 안 아파요?"
"죄송해요. 우리는 아저씨가 이렇게 아픈지 몰랐어요."
트리케라톱스들은 꼬리로 우르르 달려들어
후후 입김을 불고 할짝거렸습니다.

"아저씨가 빨리 낫게
빨간 열매를 갖다 드리자."
한 트리케라톱스가 말하자,

트리케라톱스들은 모두 나무로 달려갔어요.
그러고는 뿔로 나무를 쿵쿵 들이박았어요.
하지만 나무는 꿈쩍도 하지 않았지요.

머리도 아프고 힘도 빠졌지만
트리케라톱스들은 포기하지 않았습니다.

조용한 숲속에 쿵, 쿵 소리만 울려 퍼졌습니다.
'나를 위해 저렇게까지 애쓰다니……'
티라노사우루스는 너무 기뻐서 눈물이 주르륵주르륵 떨어졌어요.

"얘들아, 이제 그만하렴. 그건 이렇게 하는 거야."
티라노사우루스가 있는 힘껏 나무를 깨물자,
빨간 열매가 후두둑 떨어졌습니다.
"와! 라브도돈 아저씨, 최고예요!"

티라노사우루스는 트리케라톱스들의
따뜻한 마음에 감동했습니다.
이런 느낌은 정말이지
처음이었지요.

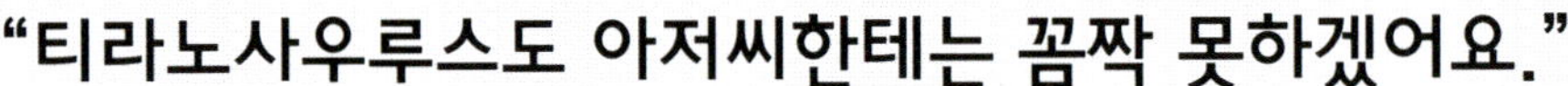

"티라노사우루스도 아저씨한테는 꼼짝 못하겠어요."
"저도 아저씨처럼 힘이 세면 좋겠어요."
"저도요."
"저도요."
"아저씨, 최고! 힘이 센 게 최고예요!"
모두들 입을 모아 말했어요.

"힘이 세면 좋다, 힘이 센 게 최고다……."
티라노사우루스가 중얼거리는데,
한 트리케라톱스가 입속으로 빨간 열매를 쏙 집어넣었습니다.
"얘들아, 정말로 중요한 것은 힘이 아니라……."

바로 그때였어요.
"오호, 어린 트리케라톱스잖아? 맛있어 보이는걸?
대체 몇 마리야? 반만 나눠 주지 그래?"
기가노토사우루스 두 마리가 눈을 번뜩이며 다가왔어요.

"으악! 아저씨, 무서워요!"
트리케라톱스들은 티라노사우루스의 등 뒤로 쏙 숨었습니다.
티라노사우루스는 어린 트리케라톱스들을 지켜 주고 싶었어요.
"안 돼! 절대 내주지 않을 거야."

티라노사우루스는 트리케라톱스들을 꼭 껴안고 몸을 구부렸습니다.
한 기가노토사우루스가 티라노사우루스의 부어오른 꼬리를 깨물자,
다른 녀석이 날카로운 발톱으로 목을 할퀴었습니다.

"괜찮아. 걱정하지 마. 내가 지켜 줄게."
티라노사우루스는 트리케라톱스들이 다치지 않도록 더 힘껏 껴안았어요.
"난 이제야 깨달았단다. 힘이 최고가 아니란 걸.
너희도 꼭 알았으면 해. 세상에서 가장 중요한 것은……."

얼마나 시간이 흘렀을까요? 기가노토사우루스는 이제 없었습니다.
트리케라톱스들은 티라노사우루스의 품에서 조심스럽게 빠져나왔어요.
"아저씨, 괜찮아요? 일어나 보세요."
"그, 그럼, 괜찮고 말고. 아저씨는 그냥 조금 졸립구나.
너희도 어서 집에 가야지. 이제 잘 시간이란다."
티라노사우루스는 스르르 눈을 감았습니다.
"네, 아저씨. 안녕히 주무세요."

트리케라톱스들은 하나씩 발걸음을 옮겼어요.
맨 처음 만난 트리케라톱스가 물었지요.
"아저씨, 아까 말씀하시다 만 거요. 세상에서 가장 중요한 게 뭔데요?"
"……."

대답은 돌아오지 않았습니다.
반짝반짝 큰 별 하나가 밤하늘에서 훅 떨어졌습니다.

시간이 흐르고, 어린 트리케라톱스는 어엿한 아빠가 되었습니다.
아이들과 함께 그때 그 숲에서 빨간 열매를 먹고 있는데,
기가노토사우루스 두 마리가 군침을 흘리며 슬금슬금 다가왔지요.
"오, 맛있겠는걸. 야들야들한 어린 녀석들을 먹어야겠어."

기가노토사우루스가 무서운 얼굴로
어린 트리케라톱스들에게 달려들자,

"안 돼!"
트리케라톱스는 아이들을 껴안고 허리를 구부렸습니다.
아무리 아파도 꿈쩍하지 않고 그대로 있었지요.
그 옛날 티라노사우루스 아저씨가
자기와 친구들을 지켜 준 것처럼요.

이윽고 깜깜한 밤이 되었습니다.
아빠 트리케라톱스가 바위처럼 버티자,
기가노토사우루스들은 결국 포기하고 돌아갔습니다.

"아빠, 괜찮아요? 기가노토사우루스는 갔어요!"
"따끔한 맛을 보여 줄걸 그랬어요. 아빠는 힘도 센데."
"얘들아, 잘 들어 보렴. 힘보다 더, 더 중요한 게 있단다."
아빠 트리케라톱스가 숨을 고르며 말했습니다.
"그건 바로…… 사랑이야. 아빠는 이 나무를 쓰러뜨린 분에게 그걸 받았단다."

그러자 한 트리케라톱스가 그 나무를 바라보다 말했습니다.
"저에게도 그 사랑을 주세요."

미야니시 타츠야는 일본 시즈오카현에서 태어나 일본대학 예술학부 미술학과를 졸업했습니다. 인형미술가, 그래픽 디자이너를 거쳐 그림책 작가가 된 미야니시 타츠야는 개성 넘치는 그림과 가슴에 오래 남는 이야기로 전 세계 독자들에게 널리 사랑을 받고 있습니다. 〈고 녀석 맛있겠다〉 시리즈 외에도 《엄마가 정말 좋아요》, 《말하면 힘이 세지는 말》, 《신기한 씨앗 가게》, 《찬성!》, 《메리 크리스마스, 늑대 아저씨!》 등 많은 책이 우리나라에 소개되었고, 《고 녀석 맛있겠다》로 '겐부치 그림책 마을' 대상을, 《오늘은 정말 운이 좋은걸》, 《누구 젖?》으로 고단샤 출판문화상 그림책 상을 받았습니다.

허경실은 1973년 부산에서 태어나 일본 나고야에서 국제경영학을 공부했습니다. 두 아이의 엄마로, 출판사에 근무하면서 《고미 타로의 색깔 그림책》, 《나는 티라노사우루스다》, 《넌 정말 멋져》, 《영원히 널 사랑할 거란다》, 《나에게도 사랑을 주세요》, 《나는 당신을 사랑하고 있어요》를 비롯해 일본의 좋은 그림책을 우리말로 옮기고 있습니다.

나에게도 사랑을 주세요

1판 1쇄 펴냄 2011년 12월 5일
1판 24쇄 펴냄 2024년 8월 27일

글·그림 미야니시 타츠야 | 옮긴이 허경실
기획·편집 박소연 | 디자인 심흥섭
펴낸이 박소연 | 펴낸곳 (주)도서출판 달리
등록 2002.6.4(제10-2398호)
주소 04008 서울시 마포구 희우정로16길 17-5
전화 02)333-3702 | 팩스 02)333-3703
ISBN 978-89-5998-096-3 74800
ISBN 978-89-90364-52-4(세트)